Para la Virgencita de la Altagracia, ¡gracias y *thank you* por todas tus bendiciones!

Gracias a Antonio Alfau y a Lyn Tavares por su ayuda con la traducción al español.

—J.A.

Dedicado a Morgan, mi ahijada más querida.

—B.V.

THIS IS A BORZOI BOOK PUBLISHED BY ALFRED A. KNOPF
Text copyright © 2005 by Julia Alvarez
Illustrations copyright © 2005 by Beatriz Vidal
Translation copyright © 2005 by Liliana Valenzuela
Translation reviewed by Antonio Alfau

All rights reserved under International and Pan-American Copyright Conventions. Published in the United States by Alfred A. Knopf, an imprint of Random House Children's Books, a division of Random House, Inc., New York, and simultaneously in Canada by Random House of Canada Limited, Toronto. Distributed by Random House, Inc., New York.

www.randomhouse.com/kids

KNOPF, BORZOI BOOKS, and the colophon are registered trademarks of Random House, Inc.

Library of Congress Cataloging-in-Publication Data
Alvarez, Julia.
[Gift of gracias. Spanish]
Un regalo de gracias : la leyenda de la altagracia / escrito por Julia Alvarez ; ilustrado por Beatriz Vidal ; traducido por Liliana Valenzuela. — 1st Spanish ed.
p.   cm.
SUMMARY: Maria's family is almost forced to leave their farm on the new island colony, until a mysterious lady appears in Maria's dream.
ISBN 0-375-82425-1 (trade) — ISBN 0-375-92425-6 (lib. bdg.)
ISBN 0-553-11343-7 (Span. pbk.) — ISBN 0-679-98003-2 (Span. lib. bdg.)
[1. Oranges—Fiction. 2. Christian patron saints—Fiction. 3. Dominican Republic—Fiction. 4. Spanish language materials.] I. Vidal, Beatriz, ill. II. Valenzuela, Liliana, 1960– III. Title.
PZ73.A4937 2005
[E]—dc22
2005001107

MANUFACTURED IN MALAYSIA
October 2005
10 9 8 7 6 5 4 3 2 1
First Edition

Un regalo de gracias

Un regalo de gracias

La leyenda de la Altagracia

ESCRITO POR
JULIA ALVAREZ

ILUSTRADO POR
BEATRIZ VIDAL

TRADUCIDO POR
LILIANA VALENZUELA

ALFRED A. KNOPF
NEW YORK

—¡María! —la llamó su mamá—. ¿Puedes verlos?

María se había subido al techo. Su papá y el indio anciano, Quisqueya, no habían regresado todavía de la ciudad. ¿Qué les podría haber pasado?

—No, mamá —le contestó María en voz baja.
El sol anaranjado se hundía en el horizonte.

Antes de salir de viaje, papá le había preguntado a María qué regalo quería que le trajera.

María sabía que la finca no andaba nada bien. Papá y sus demás amigos agricultores intentaban cultivar aceitunas como lo habían hecho en España. Pero los olivos no se daban en esta nueva tierra.

—Sólo quiero que regreses sano y salvo, papá —le dijo María.

Debido a las malas cosechas, había bandidos por todas partes, capaces de cualquier cosa, que asaltaban a los viajeros por el camino.

Esa noche, mientras estaba acostada en la oscuridad, María susurró: —Recuerda
mi regalo, papá.

La mañana siguiente, ¡papá y Quisqueya estaban esperando sentados a la mesa!

María les sonrió a ambos: —Cumpliste con tu promesa, papá, ¡gracias!

Papá rió: —Te traje algo más —Señaló hacia una canasta llena de una fruta dorada.

María se quedó mirando, asombrada: —¿Qué son?

—Naranjas, como las que tu mamá y yo comíamos en Valencia, España.

María nunca había estado en España. Sus padres hablaban con frecuencia de su tierra natal. Pero nunca habían mencionado las «naranjas».

—Un vendedor nos las regaló a Quisqueya y a mí por haberlo ayudado a descargarlas en el mercado —papá peló la cáscara dorada. Le dio un gajo a María.

Olía penetrante y fresco, como cosquillas dentro de su nariz. Sabía como un amanecer dulce, despertándole la boca.

Mientras comían las naranjas, papá les contó de las maravillas que había visto en la ciudad.

—¿Te gustaría vivir allí? —papá le preguntó a María cuando había terminado.

—¿Quieres decir, irnos de la finca?

Papá asintió con tristeza: —La finca no prospera, como ya sabes.

María bajó la cabeza. Unas lágrimas cayeron sobre las semillas que había juntado en su plato hondo.

—No te preocupes, María —susurró Quisqueya—. Encontraremos la manera de quedarnos. Su rostro dorado resplandecía como un sol interior.

Esa noche, María soñó que tenía en sus manos un plato hondo con semillas de naranja. Una a una, las iba sembrando en la tierra. Mientras lo hacía, escuchó la voz de Quisqueya susurrándole al oído: *Di gracias.*

—Gracias —obedeció María.

Cuando lo dijo, María sintió su corazón rebosar de dulzura. —Muchas gracias —susurró con mayor sinceridad.

De pronto, como si fueran palabras mágicas, unos árboles brotaron de la tierra llenos de frondosas ramas cargadas de naranjas. Bajo el naranjal había una bella mujer de piel dorada con una corona de estrellas.

—¿Quién eres? —preguntó María, llena de asombro.

—Me llaman Señora de la Altagracia —dijo ella.

En la oscuridad, el manto de la señora brillaba con cientos de estrellas.

Sobre ella, las ramas habían tejido un techo adornado con cientos de soles pequeños.

A la mañana siguiente, María se despertó temprano. Quería ver a papá y a Quisqueya antes de que se fueran al campo.

—¡Ya sé lo que cultivaremos en la finca! —María les contó su sueño con la bella señora en el naranjal.

—¿Naranjas? —murmuró papá pensativo, y miró a Quisqueya.

El anciano asintió. En sus ojos brillaba una luz especial.

Ese mismo día, la familia comenzó a sembrar. Pusieron las semillas en la tierra y dieron gracias.

Y de esas semillas brotaron retoños que se volvieron troncos y formaron ramas cargadas de naranjas que brillaban como soles pequeños.

En cuestión de meses, los árboles que normalmente hubieran tomado años en crecer dieron fruto en abundancia. Papá y Quisqueya estaban listos para llevar un cargamento a la ciudad.

La mañana de su partida, papá agradeció a María por haber salvado la finca.

—Venderemos estas naranjas por muchas monedas de oro. Ahora te puedo traer un regalo de verdad. Pídeme lo que quieras.

A María no se le ocurría qué más pedir sino el volver a contemplar a la bella señora, de día y de noche. Darle las gracias y sentir esa dulzura de nuevo en su corazón.

—Tráeme una imagen de Nuestra Señora de la Altagracia por favor.

Todas las noches en que papá y Quisqueya estuvieron fuera, María tuvo un sueño. Podía ver todo lo que había pasado ese día en la ciudad como si estuviera con ellos.

Vio a su padre llegar al mercado con su carreta llena de naranjas. Vio las monedas de oro caer en las manos de papá.

María vio a su padre ir de puesto en puesto preguntando por la imagen de
Nuestra Señora de la Altagracia. Vio cómo los mercaderes negaban con la cabeza.

Finalmente, su padre y Quisqueya emprendieron el regreso a casa. Cuando cayó la noche, desenrollaron sus frazadas. Muy pronto papá estaba dormido. Pero Quisqueya se quedó sentado, mirando al cielo. Las estrellas se movían con lentitud, delineando el rostro de una mujer que le sonreía desde las alturas.

De pronto, las estrellas cayeron hacia la tierra: ¡una lluvia de luz a media noche!
Quisqueya se puso de pie y sostuvo la frazada con que se cubría los hombros.
Intentó atrapar las estrellas antes de que cayeran al suelo.

Mientras papá y Quisqueya estuvieron fuera, María y su madre trataron de
recoger todas las naranjas. Muchas de ellas caían al suelo y se echaban a perder.

—Espero que papá y Quisqueya vuelvan pronto —dijo Mamá— o perderemos
la cosecha.

La noche de su regreso, Quisqueya y papá llegaron con muy buenas noticias.
Habían vendido las naranjas en cuestión de horas.

—Pero no pudimos encontrar a Nuestra Señora de la Altagracia por ningún lado,
María —dijo papá con tristeza.

—No pudimos encontrarla en la ciudad —concordó el indio anciano—. Pero de
regreso a casa, miré al cielo y vi a la señora que desde hace siglos cuida de mi pueblo.

Quisqueya desenrolló su frazada y allí, como si estuviera pintada en la tela, había una imagen de la bella señora.

—¡Ella es la mujer de mi sueño! ¡Nuestra Señora de la Altagracia! —María cayó
de rodillas junto a mamá y papá, y dio gracias.

Papá echó una mirada a los cientos de naranjas que crecían en el huerto.

—¡Más vale que las recojamos ahora o se caerán y se echarán a perder!

—Pero muy pronto estará demasiado oscuro —señaló María. El sol se hundía en el horizonte.

—No te preocupes —le recordó Quisqueya—. Nuestra Señora encontrará la manera.

Quisqueya colgó la frazada con la imagen de la señora de la rama de un naranjo.

Bajo la luz de las estrellas brillantes del manto de la Altagracia, María y su familia recogieron todas las naranjas esa noche.

—Gracias, Altagracia —susurró María llena de cansancio. Tomó la hermosa imagen y se la puso sobre el brazo. De ahora en adelante, la Altagracia siempre estaría a su lado.

Mientras María caminaba por el sendero oscuro, las estrellas del manto de Nuestra Señora le iluminaban el paso.

Sobre el cuento

Mucha gente le tiene devoción a la imagen de la Virgen María según ha aparecido en su tierra: Nuestra Señora de Guadalupe en México, Nuestra Señora de Fátima en Portugal, Nuestra Señora de la Caridad del Cobre en Cuba.

En la República Dominicana, donde viví los primeros años de mi vida, nuestra virgencita es la Altagracia. Cuenta la leyenda que se apareció a principios del 1500, cuando toda la isla era todavía una colonia de España. El día de la Altagracia se celebra el 21 de enero y es día de fiesta nacional. A mí me pusieron Julia Altagracia, y cuando yo era pequeña mi familia me contaba la leyenda de la Altagracia. Lo que he escrito se basa en esas historias.

Junto con la historia, mi familia me contó cómo la imagen de la Altagracia había desaparecido de la casa de la niñita y había sido encontrada colgada de la rama de un naranjo. La familia comprendió que la virgencita prefería el huerto, así que le construyeron una capilla entre los naranjos. Su imagen fue colgada encima del altar, rezando sobre el niño Jesús. Peregrinos de todo el país la visitan allí. De hecho, antes de comenzar a escribir este cuento, visité su capilla en lo que ahora es Higüey para pedirle su ayuda especial.

Al igual que yo, muchas niñas de la República Dominicana han sido bautizadas en honor a Nuestra Señora de la Altagracia. En cuanto a Quisqueya, el indígena anciano, ese es el nombre que le dieran los indígenas taínos a la isla antes de que los españoles la volvieran a bautizar como Hispaniola o pequeña España. Quisqueya significa «la madre de la tierra». Los indígenas taínos vieron a su propia y poderosa madre tierra en la imagen de Nuestra Señora de la Altagracia. Muchos campesinos de la República Dominicana le guardan un cariño especial a Nuestra Señora de la Altagracia debido a sus lazos con la tierra.

Así que, como ves, seas o no dominicano, Nuestra Señora de la Altagracia, como la madre tierra, en realidad nos pertenece a todos.